［俳句とエッセー］

マーマレード

村上栄子

創風社出版

この本を亡き友　奥本郁子さんに捧げます

俳句とエッセー　マーマレード

目次

zero

はじまり——真夏日　6

one

俳句

夏　13

秋　25

冬　37

春　49

新年　63

two

詩

足の爪　68

ものがたり　72

three

エッセー

盆　78

やめられない、止まらない　80

わが町のとっておき　85

再びひとり旅　87

山椒魚　89

エピュキュリアン蕪村　92

蕪村とエロス　95

青は遠い色　97

four

季語エッセー

夏

桐の花　102

ブルーヘイズ 103
冷蔵庫 106
夾竹桃 107
半夏生 108
秋
檸檬 109
野分 111
赤蜻蛉 112
冬
山鯨 113
小春 115
クリスマス 117
納豆 118
兎 119
春
桜 120
光の春 122
鞦韆 123
石鹼玉 124
卒業旅行 126
わたしの十句 127
あとがき 142

z e r o

― はじまり ―

真夏日

このつきぬけるような
空の青さは
どうだろう

こわいぐらいに澄みきっている
みずみずしさに
輝いている

この空色の海に向かって
1、2、3、
ジャンプ！

吸い込まれる
吸い込まれる
体が青にとけだして
空の青さそのものになる

こんな
空の青さを見たときは
どんなことでもできそうな気がする
どんなことでもやり通せそうな気がしてくる

やるなら　今、
今、この一瞬
飛びこもう!!

（家族新聞「ひよこ」第4号　昭和56年7月）

子育て中に作った三十七年前の詩。

「家族新聞をつくらない？」と声をかけてくれたのは義姉の広子さん。長男出産後の一年目。専業主婦として家に閉じこもっていた私は、ちょっと核家族の閉塞状態だった。サラリーマンの夫の帰宅は、いつも夜の十時過ぎ。その頃、身近に頼る人もなく気持ちが弱くなっていたのかもしれない。

今読んで、微笑ましくも恥ずかしい。屈折のない一途さがおかしい。今からは想像もできないような漫画的な生活だったような気もする。

さて、広子さんの家族新聞の名は「てんとう虫」。私の新聞は「ひよこ」。なかなか外出もままならなかった当時、近況報告を兼ねて両親や親しい友人に郵送していた。今ではとても人に見せられないけれど、わずかな期間ながら子育ての記録にもなった。

あれから三十七年。きみまろの漫談ではないけれど、私の周りの状況も色々と変化した。

まず両親が亡くなった。当然、命あるものが命尽きることは知っていた。が、不覚にも親が、自分の親が亡くなることは想定外だった。そして無二の親友、郁子さん。それこそ、想定外だった。信じられなかった。今でも電話をするとあの艶やかな元気な声が聞こえてきそうな気がする。……。そして思い知る。そうか、人生は想定外の連続なんだ、と。

イッコちゃん、読んだ後に笑ってもらえますか。

世界は、ためらう心の琴線の上を、悲哀の音楽を奏でながら疾走していく。

タゴール

『迷える小鳥』四四節

one

夏

緑さす八幡さんの文庫かな

新茶汲む母のま白き割烹着

青葉雨キスミントキスミントキス

空は画布自在に遊ぶ夏の雲

大仏の耳は大きい躑躅《つつじ》は赤い

あらら踏んづけちゃったのよ黄金虫

鯨のホイッスル空芯菜のホッ！

ここよここ三々五々の馬刀《まて》の穴

スロベニア童話の国の薄暑かな

五月晴れきれいニな〜れ頭蓋骨

炎昼や黒猫潜むポーの壁

熱帯夜発芽玄米発芽せよ

愛媛旅三句

ドクダミの白メゾチントの一閃

青嵐鉛筆きゅーんと伸びにけり

夏霧や一人に一つ物語

むらさきのにおえる妹とサングラス
鬼百合の花粉をつけてもう共犯
西日さす翼の折れたブラインド

凸凹の鍵凹凹のボク半夏

白うちわS字状に立つ女

パパイアの青い時間というひとり

青梅雨を進む雨靴ピッカピカ
嬬《つま》恋《ごい》の青野あおあおあみだだだ
洋々と泰山木の白の中

かき氷前頭葉の屹立す

太ももの汗つつつつつ踵《かかと》まで

すかんたこ噛みきれなくて生の蛸

しまうまのしまのしましま夏立つ日

バター派とマーマレード派柿若葉

とけい草なんだかねむいアラビア語

秋

本日はコスモス気分自由なの
朝霧とパラグライダーふうわりと
銀杏は月のしずくよきっとそう

仏吐く空也上人小鳥来る

昨日より今日が好き好き鳳仙花

うっふんと今宵の月見鰓《えら》呼吸

叱られてピーマンらしくなってゆく

一面のブルーサルビアちひろ館

草の花大音量の車来る

ふぞろいの零余子ごろごろむかご飯

石榴裂け跡かたもなしばあちゃん家

月夜茸青色吐息山寝息

石榴裂くスワロフスキーの首飾り

バター飴カリコリしちゃう虫の闇

パイ生地をねかせたところ星月夜

朝露の好きな小犬と露の中
小鳥来るアップルパイの焼け具合
降り立てばかぼちゃランタン膳《ぜ》所《ぜ》の駅

団栗の落ちて定まる凹みかな

榎の実噛んで皆みな小さき鳥

小鳥来るマーマレードの壜は空

紅葉する葉っぱのフレディ加悦《かや》の町
ぷらぷらと歩いて帰ろ蚯蚓《みみず》鳴く
うっちゃれば唐辛子ますます赤く

受付の声はオレンジ獺祭忌《だっさいき》
ターコイズブルーの空とななかまど
右左ヘアピンカーブ十三夜

妹とオクラとにある類似点

犬《いぬ》蓼《たで》の記憶の中の子らの声

水引草ぽちぽちぽちピンクぼちぼち行こか

冬

ピカピカに薬缶を磨く冬に入る

葱束ね束ねきれない匂いかな

極月の地獄極楽眼鏡とぶ

寒雀つぶてとなって我に来よ
まず一歩ふくら雀のあの木まで
ポレポレと生まれ変わろう雪まろげ

水水水末期の水は冬苺

寒紅の女が一人キリン前

ポコアポコ炊飯ジャーに雪女

船団特集「再びの一人旅」

ふわふわと小春を連れてひとり旅

時雨つつ百年たった小さき椅子

広畑の畑はいずこ冬夕焼

七五三ワタシの未知とキミの未知
給食の鯨の炊いたんみんな好き
胸に棲むつうという鳥雪こんこ

冬に入るタータンチェックの歩き出す

デボン紀の鮫の化石や歯が命

ペンだこも明石の蛸も年の暮

枇杷の花けさらんぱさらん青い空

一月の星に恋してスカイツリー

霜柱むくりこくりと轍《わだち》後

画用紙をはみ出る大根キミ三つ

上人の顔はまん丸足袋ま白

希望とはたとえば冬のマーマレード

そういえばキリンだった日枇杷の花

本日はマシュマロ気分ボアブーツ

カンディンスキー、ホットウヰスキー、キミがスキ春隣ペット屋さんの「ハグします」

純情の真紅のマフラー江州屋

春隣となりのトトロ右隣

春

蕗の薹生まれ変わったような朝

沈丁花　細胞の記憶よみがえる

化けないで狐の牡丹今がいい

「手塚治虫記念館」吟行

地虫出づ治虫のベレー歩き出す

風光る白いライオン闊歩する

梅ピラフちりめんじゃこと目が合って

父逝きぬゴジラの崩る春の闇

ゆやゆよん鞦韆をこぐ旅かばん

春立つ日貫之が来て万智ちゃんも

青に散るピッコロの音山桜
山盛りの山椒ちりめん山桜
白い椅子ぽつんとひとつ八重桜

赤ちゃんのうふんと吐息かすみ草
友だちにメリーポピンズかすみ草
かすみ草ピコンとメール宇宙から

花吹雪ポピンズさんの傘がない

翼ある少年翔《かけ》る芽吹き山

遅刻したペリカンのよう朧月

告白の火種くるりん牡丹雪

つんつんと鶯餅と嬰《やや》の尻

りんりんとすずなすずしろ青い鳥

ヒップアップの体操よチューリップ
ペットなんてやってらんねえ恋の猫
如月の光は猫の尻尾好き

春雷や運慶からの空メール

春の虹キューピーの声出せるかも

春の宵クリームコロッケ爆裂す

母はいま花いちもんめ草の餅

春キャベツむきっと裂いてシャキッとす

早春のとろろこんぶのすっと溶け

ルービックキューブのぎりり朧月
自転車の好きな道ゆく紫雲英《げんげ》畑
いつの日かこの虻のひとつがワタシ

晩春や噴きこぼしてはうずら豆

召し上がれ菫の花の砂糖づけ

かすてらを切れば蝶々ふえてゆく

I must say ハンプティダンプティ葱坊主
なずな咲くコバルトブルーのランドセル
恋人は時にたんぽぽ時に犀

新年

こんこんと一匹のワニ若水汲んで

青畝読むなんてったって女正月

今ワタシ卵産んでる初句会

t w o

足の爪

タケシ君の足の爪は
そのまま
私の
足の爪なんです

両手でパチンと
おしつぶしたように
まるくて　ちいさくて
縦長じゃなくて
横長

はっきり言えば
ぶかっこう

あんまりそのまま
あまりにも似すぎて
いるので
思わず　ふきだして
見ていると
わが家のだんなさまは
こう　のたまう
「かわいそうにな、武史
おかあちゃんに似て」
ですって

い〜〜〜〜〜だ!!

そんな武史の足を
なでたり　さすったり

寝たとなれば　さあ
つめ切り

キュッと　指をつまんで
パチン　パチン
おこさないように
傷つけないように

緊張しつつも
その爪の形を見ると
心が　ま～るく
なごんできて

タケシ君の　足の爪は
そのまま
私の
足の爪なんです

（家族新聞「ひよこ」第一号　昭和56年4月）

この詩は、レディースジャーナル一九八一年十二月一日発行（女性才能開発研究所佐藤早苗）にスナップ写真とイラスト入りで掲載される。

ものがたり

―さくらの木の下で―

うすももいろの
れいすの
カーテン
指先までも
すっかり
染まって
しまいそう

はらはらはら

はらはらはら……

ネ　たけし
これが　さくら

夢をみてる
ような
時間の流れ
ほうっと
ため息まじりに
まぶしく
もつれて
舞い散る
花びらを
目で追いつつ

話しかける

あら　眠ってる

はらはらはら
はらはらはら……

思い出という「ものがたり」の
姿が声が
舞い散る花びらに
だぶって落ちていく

たけし
おまえは
どんな

ものがたりを
これから
つくっていくのだろう

たけし
めざめたら
今しかつくることのできない
うーーんと楽しい
ものがたりをつくろう

（家族新聞「ひよこ」第一号　昭和56年4月）

家族新聞第一号は、長男武史のことが中心。そのプロローグの末尾にも記しているが、いささかの親ばかぶりを発揮しているようだ。

次は、そのエピローグの一部。


「日本語の美しさは浜辺に打ち寄せた波のひきざまにある。」とは、先ごろ亡くなった詩人の堀口大学さんの言葉です。

さて、この「ひよこ」を出すにあたり自分自身の持っている語彙の少なさに、表現力の乏しさに悲しくなってしまいました。「日本語の美しさは……」なんて考えだすと、ますます収拾がつかなくなって。ただでさえ表現したい気持ちが先行し、どうにもできないもどかしさに歯ぎしり状態でしたので。

こんな風に書き写していて、三十年以上経っても表現力云々の悩みは変わっていないことに驚く。言葉の不思議さ、奥深さに畏敬の念を抱きつつ、これからもすべったり転んだりしながらも、ぴったりの言葉を見つけ続けたい。

three

盆

そう、四十年以上も前の事であるのに、今でも不思議な感覚で思い出す。

私は兵庫県姫路市で生まれた。猛烈サラリーマンだった父は酔うと豹変。父が酔って帰った日は眠れないと幼いながら覚悟した。そんな夜の母のすすり泣きは、大学時代、下宿の窓をたたく風に乗って私の胸を締め付け続けた。

さて、「盆」は「盂蘭盆《うらぼん》」の略。祖先を死後の苦しみの世界から救済するための仏事。また「盆」は、正月とならんでわが国最大の民俗行事。一般には墓参・霊祭を行い僧侶が棚経にまわる。

夏休み、昼間もひんやりと感じる山中を親族郎党が列をなしてお墓参りに行った記憶がある。長男である父が先頭。一年にそう何度も会えない叔父・叔母と蚊に刺されたや何やらとおしゃべりしながら歩いた。

また、お盆の頃、近所の大人も子どもも「子ども会」で広場に集まった。しつらえられた壇上には胡瓜の馬や茄子の牛、季節の果物などが飾ってあった。踊りの輪や歌があり、団扇《うちわ》であおぎながらさざめくような時を過ごした。最後はみんなで花火。青い闇、線香花火の頃は人数も少なくなっていた。帰ってから母の手料理をみんなで囲み、蚊帳を吊って寝た。

振り返ると父はずっと仕事をしていた。平日は会社員。土日は神社の仕事。古くから家は姫路の広峯神社を守る家の一軒だったようだ。母をいじめる鬼とも思ったことのある父だったが、晩年はなんだか母と立場が逆転した。十八年前に胃ガンで先に逝った母を、精魂込めて看取ったのは父である。

その父も十一年前に他界。今頃、母は父の好物の海鼠《なまこ》を切っているのだろうか。孫に「宇宙人」と称された父は娘の私にこんな風に書かれて、天界でくしゃみをしているだろう、きっと。

盆が、また来る。

やめられない、止まらない

船団95号の特集は「スポーツを詠む」―オリンピッ句。二〇一二年、折しもロンドンオリンピック開催の年だった。

ぽこぽこ、しゅっしゅっ、ざっざっ、トントントン！

コーヒーを淹れて、朝ごはんの仕度、そしてお弁当作り。それから飛びだす。外へ。小鳥の声が降ってくる。軽く駆けてみる。その時の身体の重さ加減で体調の良し悪しがわかる。いつもの朝。忙しい時ほど、しんどい時ほど、飛びだす。散歩・ジョギングはやめられない。もちろん、決して無理はしないけれど。

いつからだろう。こんなに走るのが好きになったのは。小学校の耐寒訓練のマラソンがとても好きだった。ひんやりした空気を破るピストルの音。その音とともに一斉に飛びだす。沿道のおばちゃんの声援に、はにかみながら応える。冷気が咽喉や鼻、身体を包み込む。スースーハーハー、スースーハーハー……教えてもらった呼吸法を、そのままその通り繰り返す。ランナーズ・ハイのような心地よさ、を感じていた。多分。そして走り終えてもらう水アメの甘かったこと！心臓はちょっと痛かったけれど、嬉しさの方が上まわっていた。

耐寒のマラソンコース Ave Maria

栄子

が、忘れられないのは、小学校四年生の耐寒訓練。いつも通りポンと飛び出す。コースの半分ほども走った頃だろうか。後ろから「杉山さあん」（旧姓、杉山です）と呼ぶ声がする。振り返ると、おさげ髪の前田さん。「そっち違うよお」「えぇーー！」。調子よく走っていたつもりの私は、何ということか、コースを間違えていたのだ。さあっと血の気がひく。引き返し懸命に走ったが、結果は惨敗。職員室のストーブにあたりながら、涙が止まらなかった。この経験は、その後の私に少なからず影響したように思う。順位・結果しか見えていなかった。わざわざコースをはずれ、追いかけてきてくれた前田さん。今、もし前田さんに出会えたなら、あの時のお礼をきちんと伝えたい。

雪嶺やマラソン選手一人走る　西東三鬼
脱落のランナー雪を見てゐたる　河野けいこ
春愁とステーキ食べるランナーズ　くぼえみ
ランナーはトマト手に手に折り返す　同

それから、二十年余り。職場の友人に誘われて武庫川の新春ロードレース、10マイルに出たのが、大人になってからの走り始めである。

その頃、「西宮広田走ろう会」に入った。ちょうど息子の小児科の先生が、その会の会長さん。幼い息子と一緒に、毎週日曜日の例会に参加した。「ゆっくり走ろう、遅い私が主役です」が、会のスローガン。息子もほめてもらい、わいわい、がやがやと楽しく走った。毎月発行の会報には、会長、田村先生の健康ジョギング講座もあった。「夏から秋への健康管理」「ジョギングと心臓」（運動中の脈拍を測ろう）「寒さを乗り切ろう！」（走る前に温かい飲み物を）など。田村先生の勢いに押され、また走ろう会の楽しい仲間に支えられ、西宮市民マラソン・猛暑の神鍋高原マラソン・青垣もみじの里マラソンなど数々のレースに参加した。そして、十月の走り込み月間（ちなみに私は１００キロ）を経て、フルマラソンに挑戦しようということになった。みぞれ混じりの悪天候の中の下見。そして、いよいよ篠山ＡＢＣマラソン本番を迎える。未知の距離、４２・１９５キロメートルのドラマ。完走。「ゆめみたい」とエッセイに綴る。もう、随分前のことだ。

今、改めて会報を手にして、その温かさに胸打たれている。「日曜の朝はうれしくて目を覚ます。それは仲間と走るから。おしゃべりしながらジョギングできるから。いつまでも楽しく、うれしい仲間の会でありたいと心から思います。」と、新年の会報の冒頭に書かれていた田村先生は、今はもういらっしゃらない。会のメンバーも一様に年を重ねている。先生の遺志を継ぎ、平日の朝五時スタート、森林公園への健康ジョギングは、走ろう会有志のメンバーで行われているようだ。

先生、本当にありがとうございました。走る楽しさを、仲間の素晴らしさを教えてもらいました。走りながら、いち早く自然の移ろいをキャッチし、自然の中に溶け込むことができました。もう長いこと、森林公園には行っていませんが、また、仲間と走ったあのコースをゆっくりと走ってみたいと思っています。「遅い私が主役です」。先生の太い声を聞きながら。

新涼の今日、ふっとある思いが突き上げてきた。人生の節目節目には、本当に運命的な出逢いがあるのでは。やめられない、止まらない。朝の散歩、ジョギング。と、俳句。息をするように、恋をするように！

わが町のとっておき
―競馬場・宝塚市仁川―

船団96号特集は「わが町のとっておき」短文と俳句。改めて、今住んでいるわが町を見直すきっかけとなる。

「やばいっすよ、ここ」。仁川駅近くのある美容院で、隣の席から聞こえてきた言葉。確かに静かな町が、週末一転する。特に競馬場正門辺りは自転車・車・歩く人で賑わうというより、ごった返す感じ。雑踏、渋滞、敬礼、挨拶。そのエネルギーに圧倒される。ものすごくアジア的。ああ、人が動く。みんな生きているんだと実感する。

一方で、競馬場内の馬の深い瞳を想像する。しなやかに走るその肢体。やばいっす。

馬の名はマルク・シャガール冬薔薇
冴返る青の絵いつもハネムーン

再びひとり旅

船団100号記念特集での「再びのひとり旅」。私は、幼い頃をたどってみたいと思っていた。次はその時のエッセーである。

小春日和の日曜日。競馬でにぎわう仁川を抜けて、姫路へ向かった。幼少時をたどる旅をしようと決めていた。昨日までの寒さが嘘のよう。ぽかぽかと暖かく、帽子・マスク・ダウンの私は、忽ちふわふわと不思議な気分。そのまま電車に乗った。眠い。座席に座ることができてうとうと。途中、目が覚めると空は掻き曇り、雨になりそうだった。姫路駅の手前、飾磨駅に降り立つ。時雨の中にその幼稚園はあった。小さな作業台と小さな椅子が雨にけぶる。ふっと、当時担任の岸本先生が現れそうな気配。セピアカラーのアルバムの中から抜け出して。

もし今、私の外見が五歳になったなら、五歳のお友達と十分合わせられるな、なんて考える。変な私。今年再びの零歳になって、少しハイテンション。あぶない、あぶない。

小学校・中学校も訪ねたくて、広畑へと先を急ぐ。町並みはすっかり変わっていたけれど、学校は厳然とそこにあった。来てよかった、再びのひとり旅。今、私の本当の旅は始まったばかり。

山椒魚

『俳句の動物たち』という本が上梓されたのは、二〇一四年五月のこと。六つのジャンルから成り、計百二十一の動物が登場する本だ。私は編集委員の一人として「水にいる動物たち」を担当した。

夕暮れ時、旅館の玄関に現れた息子はどろどろの出立ちだった。五年前の年の暮れのこと。翌年の夏に結婚を控えた彼は、職場での新分野開拓の指令を受け三重県へ引っ越した。新しい農業のかたち、水耕栽培を始めていたのだ。仕事を終えた彼が合流する家族旅行だった。

そういえば、初めて山椒魚に出会ったのはこの旅館に隣接する日本サンショウウオセンターだった。景勝赤目四十八滝の入口にあり、日本唯一の両生類専門水族館である。サンショウウオは「生きている化石」と呼ばれる稀少動物で、特別天然記念物に指定されている。約三〇〇〇万年前の化石とほとんど変わらない姿というからすごい。通称ハンザキ。半分に裂いても生きているというのだが、本当だろうか。

改めて、今年この日本サンショウウオセンターを訪れた私は、推定年齢五十歳以上、趣味はジャグジー好きと書かれた山椒魚の「くすくすちゃん」の水槽の前に立った。確かにくすくすっと笑っているようにも見える。苔が生えたような身体。動かない。「くすくすちゃん」と、二、三度呼びかけてみたが、やはり全く動かない。

「山椒魚は悲しんだ。彼は彼のすみかである岩屋から外へ出てみようとしたのであるが、頭が出口につかえて外に出ることができなかったのである」これは、井伏鱒二の短編小説『山椒魚』の冒頭である。そこに描かれた山椒魚の姿は、観念や自意識の肥大化した現代人の姿の象徴だと言われている。とするならば、私たちはそれぞれ「山椒魚」なのだろうか……。

翌朝、息子は仕事場へ出向き、夫と私は赤目四十八滝へ行った。私たちは白い息を吐きながら滝の道を歩く。親の手を離れ勝手に育ったような息子の成長が、こそばゆいようような面映ゆいようような。こみ上げてくる嬉しさと一抹の寂しさとを噛みしめながら歩く。その時は建物が閉鎖の時期で、山椒魚に逢うことはできなかった。

山椒魚ついつい山椒魚を産み　　　池田澄子
祖父は笑い父は黙するはんざき譚　　　佐渡美佐子
神様のちょっと変身山椒魚　　　村上栄子

エピュキュリアン蕪村

船団88号の特集は「蕪村再来」。

この前年に私たち船団有志は与謝蕪村ゆかりの京都府与謝郡へ一泊二日の吟行旅へ出ていた。

今回はその時の思い出と共に蕪村の一句を選び、鑑賞をした。

丹波の加悦といふ所にて　（「丹波」は丹後の誤り）
夏河を越すうれしさよ手に草履

京都府与謝群与謝野町の野田川近くにある蕪村のこの句碑に出合ったのは、十月末のこと。霧が出ていた。

宝暦四年から七年（一七五四〜五七）まで、蕪村が丹後の与謝地方、宮津の見性寺に寄寓していた時の作。二百五十年余り前の夏のある日、アラフォーの蕪村が河を渡っている。飛沫をあげながら、少年のように。河の水の冷たさが、砂底の感触までもが伝わってくる。なんといっても「手に草履」の具体的描写が、愉快。うきうきとした心持ちがストレートに伝わってくる。蕪村の飄々とした姿、嬉々とした声が時空を越える。とても、心地よい。こんなに楽しい句を作る蕪村はどんな人だったのだろうか。

享保元年（一七一六）摂津国東成郡毛馬村に生まれる。今の大阪市都島毛馬町。出生・父母のことについて蕪村自身は何も書き残していない。蕪村の高弟高井几董が蕪村の死を描いた「夜半翁《やはんおう》終焉記」にその出自を記す。几董は蕪村が村長の家に生まれたという事実を抹殺しようとした。推測により、蕪村は村長が使用人に生ませた子とされる。幼い蕪村は、どれほどの屈辱の思いを味わったのだろうか。にもかかわらず、蕪村の世界はこの世の俗塵を脱して、想像の境地にはばたくものであると評される。「生きていることは楽しくてしかたがない」蕪村は、池大雅とともに南画の大成者として一流の画家でもあった。京都東山山麓の冬の夜景を描いたものと考えられる「夜色楼台図」は、画家のやわらかな心性が宿り、いつまでも見つめていたい一枚だ。高校生の頃魅了された、たった二行の詩、三好達治の「雪」という詩の世界がそこにあった。

また、飄逸味満点の「又平自画賛」には、思わずにんまりしてしまう。まさにエピュキュリアン。解放されている。画と俳句は響きあう。近代の俳人、詩人に大きな影響を与えた蕪村。蕪村の俳諧観は「春泥句集」の序文にうかがえる。その離俗説及び蕪村の存在は、俳諧の歴史を変えた。

与謝野町の句碑を後にする時、心なしか霧が少し晴れていた。秋蝶がひらひら河を渡っていった。

しら梅に明る夜ばかりとなりにけり

「から檜葉」
蕪村、天明三年十二月二十五日没。
蕪村の臨終吟三句の一つ。

蕪村とエロス

船団109号の特集は「生誕300年の蕪村」。全員参加号。蕪村の俳句から好きな一句を選び、エッセイを書き一句を作るというもの。そのお世話係をさせてもらった。一五二名の会員が参加した。

私の選んだ句は次の一句。

蚊の声す忍冬《にんどう》の花の散るたびに

忍冬は白い可憐な花、スイカズラのこと。その花がふわっと散るたびに、その中に潜んでいた蚊がフンと飛ぶ。ふわっフン、ふわっフン、……。どれほどの時間、蕪村はその様子を見つめていたのだろう。小さな白い花と小さな蚊。その蚊の聞こえるか聞こえないか程の羽ばたきの音を聞いている蕪村には、不思議な光が射しているかのよう。この世をちょっと留守にしているかのようにも見える。

繊細・無邪気・無心の境地。その時間が止まったような、やわらかなエロスにも似た不思議な感覚に魅かれる。

清少納言は『枕草子』で「大蔵卿ばかり耳とき人はなし。まことに蚊のまつげの落つるをも聞きつけ給ひつべうこそありしか」と、たわいない話を記していて楽しい。この句も然り。

蕪村、円熟の六十二歳の作。


蚊のまつ毛ストップモーション昼の闇　　　　栄子

青は遠い色

青に惹かれている。なぜだろう。先ず、その言葉に注目してみたい。瓶覗《かめのぞき》・浅葱《あさぎ》・深川鼠《ふかがわねずみ》・納戸《なんど》・千草《ちぐさ》・瑠璃《るり》・群青《ぐんじょう》・紫苑《しおん》等青を表わす言葉と色目が、今年の中学校の教科書に載っていた。同じ青色にも微妙な違いを感じとる日本人ならではのその感性。色の美しさのみならず、その言葉の美しさに惚れ惚れとする。

そういえば、日本には藍四十八色という言葉があるほどその藍色は色相が豊かだ。明治初期に日本を訪れた外国人は、町にあふれる藍の色彩に驚いた。最初にジャパンブルーという言葉を使ったのは、イギリス人科学者ロバート・アトキンソン。

『怪談』などの著書で知られるラフカディオ・ハーン（小泉八雲）もジャパンブルーに魅惑された一人だ。「東洋の第一日目」という文章で、日本で見た風景を「見渡す限り無数の幟がひるがえり、濃紺ののれんが揺れている」「まるでなにもかも、ちいさな妖精の国のようだ」と表現している。彼らにとって初めて見る日本は、神秘のブルーに満ちた国だったのだ。

ところで、パワースポット京都貴船神社からの生中継、「スーパープレミアム二〇一七『京都異界中継』」というテレビ番組があった。

「ようこそ、あなたの知らないもう一つの京都へ」と、百物語が一話ずつ語られ、鬼や妖怪が跋扈《ばっこ》する闇の京都へと案内される。出演者の皆さんはそれぞれ青っぽい着物をお召しだった。そこで、アナウンサーの竹内陶子さんが一言。「青という色はあの世のものを召喚、集めやすい色、つまり精霊が一番降りやすい色なんです。」と。もう、妙に納得する。精霊も好む青。

他に青のつく言葉を挙げてみると、青の時代、フェルメール・ブルー、北斎ブルー。青の洞窟、東北の青池。結婚式では、花嫁が身に付けると幸せになるというサムシングブルー……もう、どんどん青の深みにはまってゆく感じ。この世ではないもう一つの世界へ入るように青に惹かれている。

最後に、青に関するとっておきの詩「色の息遣い」の一節と俳句を一句。

どんなに深く憧れ、どんなに強く求めても、青を手にすることはできない。すくえば海は淡く濁った塩水に変り、近づけば空はどこまでも透き通る。人魂もまた青く燃え上るのではなかったか。青は遠い色。

漠としてかすむ遠景へと歩み入り、形見として持ち帰ることのできるのは、おそらく一茎のわすれなぐさだけ、だがそれをみつめて人は、忘れてはならぬものさえ忘れ果てる。おのがからだのうちにひそむ、とこしえの青ゆえに。

『手紙』谷川俊太郎

愛はなお青くて痛くて桐の花　　坪内稔典

four

桐の花

平成の五重塔を見に行こうと思い立った。三重県津市の古刹観音寺。林望さんの『私の好きな日本』というエッセイに触発されたのだ。四十代の棟梁に率いられた二十代の宮大工たちの活き活きと塔を建てている姿と、その棟梁の夢を語る姿がなんとも魅力的に描かれていた。

一緒に行く予定をしていた夫は、直前に風邪のためにダウン。一人で電車を乗り継ぎ、津市に着いたのはお昼過ぎだった。早速、閑散とした道を歩き出す。途中で出会えた地元の方に道を尋ねる。が、方向音痴の悲しさ。行けども行けども、観音寺に到着できず。知らない土地で、不安な気持ちがマックスになりかけた頃、やっと見つかった。

その境内の左手に、まさに今を咲き誇る桐の大木が、薄紫色の花をつけて出迎えてくれた。五月のこと。

ブルーヘイズ

「確か　英語を習い始めて間もない頃だ。」で始まるのは、吉野　弘さんの詩「I was born」。次のように続く。

「或る夏の宵。父と一緒に寺の境内を歩いてゆくと　青い夕靄の奥から浮き出るように　白い女がこちらへやってくる。物憂げに　ゆっくりと。」

幻想的なイメージに思わず引き込まれる。そして、後半の第六連から第八連は胸がいっぱいになって、朗読する声が震えてしまう。生まれてくる生命への畏敬の表現が切ない。

ブルーヘイズは青い靄。三十年余り前、人一倍大きな声で夜泣きをしていた息子。疲れて帰って来た夫の寝入《ねい》り端《ばな》を起こしてはと、一晩中家の前の空き地で、おんぶをしてあやし続けたこともあった。今では懐かしい、いい思い出。ブルーヘイズの中だった。

二カ月後、息子夫婦のところに新しい命が誕生する。

＊「I was born」の第六連から第八連

——やっぱり I was born なんだね——

父は怪訝そうに僕の顔をのぞきこんだ。僕は繰り返した。

——I was born さ。受身形だよ。正しく言うと人間は生まれさせられるんだ。自分の意志ではないんだね——

その時　どんな驚きで　父は息子の言葉を聞いたか。僕の表情が単に無邪気として父の顔にうつり得たか。それを察するには　僕はまだ余りに幼かった。僕にとってこの事は文法上の単純な発見に過ぎなかったのだから。


父は無言で暫く歩いた後、思いがけない話をした。

——蜉蝣という虫はね。生まれてから二、三日で死ぬんだそうだが　それなら一体何の為に世の中へ出てくるのかと　そんな事がひどく気になった頃があってね——

僕は父を見た。父は続けた。

――友人にその話をしたら　或日　これが蜉蝣の雌だといって拡大鏡で見せてくれた。説明によると　口は全く退化して食べ物を摂るに適しない。胃の腑を開いても入っているのは空気ばかり。見るとその通りなんだ。ところが　卵だけはぎっしり充満していて　ほっそりした胸の方にまで及んでいる。それはまるで　目まぐるしく繰り返される生き死にの悲しみが　喉元まで　こみあげているように見えるのだ。淋しい　光りの粒々だったね。私が友人の方を振り向いて（卵）というと　彼も肯いて答えた。（せつなげだね）。そんなことがあってから間もなくのことだったんだよ。お母さんがお前を生み落としてすぐに死なれたのは――。

父の話のそれからあとは　もう覚えていない。ただひとつ痛みのように切なく僕の脳裡に灼きついたものがあった。

――ほっそりした母の　胸の方まで　息苦しくふさいでいた白い僕の肉体――

冷蔵庫

ちょっといい話。先日、静岡へ行った時のこと。道を尋ねたご婦人が、改めて二百メートルくらい、わざわざ追ってきて教えて下さったこと。間違えて教えたかも、ということだった。見ず知らずの方だったのに。こんな風にして下さる方が、まだおられたのだ。静岡県民。これはもう、私の中で瞬間冷凍もの。

冷凍と言えば。一九五〇年代後半「三種の神器」の一つであった冷蔵庫。かつては、夜中に目覚めるとブーンと響くような呻くような声を発していた。もたれると、思いのほか熱かった。今は、結婚後四代目の日立ノンフロン冷凍冷蔵庫。キッチンの定位置に、気配を感じないほど静かに収まっている。もたれても熱くない。が、既に十年ほどの付き合いだ。夏を、なんとか故障なく乗り切ってほしい。

夾竹桃

「六二三、八六八九八一五、五三に繋げ我ら今生く」。

朝日歌壇賞を受けた西野防人さんの一首だ。六月二十五日の朝日新聞コラムには「八六と八九は広島と長崎に原爆が投下された日、八一五は終戦、五三は新憲法施行の日と分かった。では冒頭の六二三は……。」と言葉が続く。

大学の四年間を広島で過ごした。ジローズの「戦争を知らない子供たち」、吉田拓郎の「結婚しようよ」、バンバンの「いちご白書をもう一度」など、町にはフォークがあふれていた。昭和五十年前後の大学生活。平和記念公園にも何度か足を運んだ。公園の横を流れる本川。その両岸に七月頃になると白やピンク、また真紅の美しい花が咲く。九月頃まで咲き続ける。

原爆の焦土にいち早く咲いた花として知られる夾竹桃。ピンク色が目にしみる。

＊六二三…沖縄慰霊の日。昭和二十年六月二十三日、沖縄戦の組織的戦闘が終結したことにちなんで沖縄県が記念日に定めた。

半夏生《はんげしょう》

「半夏ひとつ咲き」。広い紅花畑のなかで、夏至から数えて十一日目の半夏生の日（今年は七月二日）に、その紅花が一輪だけぽつんと咲くこと。それを合図に翌日以降次々と花を咲かせる。三百年前の旅人、芭蕉がゆく山形県最上川付近の紅花畑。不思議感いっぱいで、ＴＶの新日本風土記「奥の細道」のビデオは何度見ても飽きない。今日あたり、一輪だけ咲いているのだろうか。想像するとわくわくする。

また、各地で七月二日頃は「ハンゲという妖怪が徘徊する日」「タコの日」「うどんの日」と、いろいろあるようだ。こちら関西でも「半夏生にはタコを」の広告の文字が躍る。

さあ、今日はタコのカルパッチョでもつくりましょうか。

檸檬

「えたいの知れない不吉な塊が私の心を始終圧えつけていた。焦燥と言おうか、嫌悪と言おうか——」と始まるのは梶井基次郎の小説『檸檬』。

節電のこの夏。吹き出る汗。保冷剤の鉢巻。扇風機。そんな中での夕食の支度。と、その時電話が鳴った。

「もしもし……」

相手は、高校の同級生T君。卒業四十周年記念同窓会幹事の彼は、歯科医のH君が司会を務めるが、サブでついてやってほしい、と言う。

一時間後、H君から電話。

「僕はADで……」

！？　話が違う。

小説では、主人公は文具店の丸善に爆弾に見立てた檸檬を置いて立ち去る。やられた。T君のいたずら心。眠れぬ秋の夜長は日本酒のオンザロックにぎゅっとレモンを絞って、トパーズ色の香気を立てて。

野分

富山県八尾の「風の盆」は、立春から二百十日目の風封じと豊作を願う踊りだ。坂の町を彩る伝統芸にあいたくて、出掛けたのは一年前のこと。八尾旧町散歩の地図を片手に、蔵並通り、諏訪町通り、東新町、若宮八幡宮と石畳の町並みを歩く。待ちに待った夕暮れ時。琥珀色に染まる町と、胡弓の音色と唄と踊り。こんな時、誰かといっしょなら、ふわっとした心持になれるのだろうに。何しろ一人。キッとなって、道に迷うな、惑うな、帰るまでは、と、我ながら風情のないこと、この上ない。ともかくも夜九時近くまで楽しむ。

「今度来るときは、この時間からがたぶん本番!の越中おわら風の盆を楽しもう。」

――一筆啓上　ワタクシの胸の内の野分殿――

赤蜻蛉

脇坂藩五万三千石の城下町。白壁の土蔵が残り、町に入るとほのかに醤油のにおいがした。「播磨の小京都」ともいわれる龍野市。その町の一角にある国民宿舎「赤とんぼ荘」で三木露風作詞の童謡「赤とんぼ」の歌を歌った。姫路児童合唱団に所属していた小学校五年生の私は、その詞の意味も考えず、大きな声で歌っていた。

ところで先日、家族で大阪のみさき公園に遊びに行った。人気のイルカショーを見ようとスタジアムの一番前に陣取った。ショーの始まる前、一匹の赤蜻蛉がスーイスイとイルカのプールの上を飛んでいる。一歳と三歳の孫二人は、瞳を爛々と輝かせている。この小さな瞳はこれから先、何を映していくのだろう。

願わくば、詩情をたたえた「赤とんぼ」の世界を。いつのまにか、赤蜻蛉の姿は見えなくなっていたけれど。

山鯨

真っ白な割烹着姿の母が、台所に立っていた。姉と私も手伝う。白菜を洗う。水が冷たい。ざくざく切って大皿に盛る。白葱・春菊・人参・椎茸などの野菜も、さっと洗う。それぞれ、ふさわしい形に切って大皿に盛る。豆腐・板こんにゃく・うどんのお皿も準備する。

母は熱燗の用意をしている。そして、最後に冷蔵庫から恭しく登場したのは牡丹の花のように盛られた山鯨（猪肉）。

家族が揃う。みんなで鍋を囲む。白い湯気の中で、ぐつぐつと煮える鍋。味噌の匂いが食欲をそそる。父はもう熱燗で、頬とおでこの辺りがぴかぴかだ。

と、その時。母が、私の耳元でささやいた。「父さんが仕留めた猪よ。」……

ちなみに父が猟銃会に入っていたということは聞いたことがない。と、すると、素手で猪と格闘？？？（真偽を確かめたかったけれど、当時その時、お酒を飲みだした父には話しかけられる雰囲気はなかった。）

それから私の脳裏には、野生の猪に立ち向かう父の姿が刻まれた。

小春

「もっと真面目にやれ！」

東京・浅草とあるストリップ劇場。プライドが高く踊りが上手で、なかなか脱ごうとしない踊り子に投げられたお客さんのヤジだ。白けかけていた場内は大爆笑。踊り子の場違いの真面目は不真面目であると、たった一言で刺すその見事さ。一九八五年青春プレーバックという某ＴＶ番組で、コラムニストの天野祐吉さんが更に若い頃を振り返って語っていた。僕ら庶民は、立派な論文や評論が書けなくてもこんなに豊かな表現ができるのだ、とも。

やわらかく優しいそのまなざし。恰好をつけずに、だよね、と通じ合える軽やかな言葉がいい。その瞳はいたずらっぽくて、そう、小春のよう。

先月二十日、八十歳で亡くなった天野祐吉さん

ご冥福をお祈り申し上げます

＊天野祐吉…コラムニスト。雑誌『広告批評』主宰者、マドラ出版社主。二〇一三年十月二十日没。

クリスマス

「母ちゃん、何でうちにサンタクロースが来んとね？」母イクさんは、振り向きもせず、ぼそっと一言。「うちは来んよ。浄土真宗やけん」（笑）。フォークグループ海援隊のリーダー武田鉄矢さんのコンサートでのトーク。貧しさにめげない母イクさんの生き方に胸がすく。

ところで、先ごろインドへ行って来た。タージ・マハル、アグラ城、仏陀が悟りを開いた大菩提寺、ガンジス河の沐浴風景は、この旅の眼目だった。が、何よりも心に残ったのは、聖地ベナレスで出合った物乞いの少女（六歳くらい？）の瞳。迷路のような巡礼道を抜けてから、ぴたりと寄り添ってきた。乗り込むバスのステップで思わず少女の頭に手をやり、撫でた。驚く、戸惑う、はにかむ少女。その瞳に、今なお揺さぶられ続けている。

キリストの誕生日、クリスマス。宗教に関係なく、サンタさん、あの少女の上にこそ！

納豆

「たいがいにしときや。」

大阪・天王寺近くにある寺の、ある朝。住職が起きると、境内はブルーシートだらけ。住職は路上生活者に「出て行って」ではなく、こう告げたとのこと。（鷲田清一さんの折々のことばから。）

「大概にする」。広辞苑には「ほどほどにする。いいかげんなところでやめておく。」と説明される。双方それぞれ事情があるときの、これが潮と見定めた上で発せられた、人間くさい言葉と感じる。

そういえば、「人間くさい人」がうまくいく、とは、先月一八日東京都内で開かれた「未来メディア塾二〇一五」の基調講演の要旨。

ふっと、くるくるくると納豆を混ぜていた昭和の朝のテーブルが浮かぶ。父も母も姉も私も、うんと人間くさかったなあ。あの頃。今、納豆を食べながらしみじみと思い出している。

兎

『村上かるた うさぎおいしーフランス人』という本がある。表紙には、白いうさぎがフランスの国旗を持って万歳しているイラスト。村上春樹・安西水丸の名コンビの本。「知的とは言いがたい種類のへんてこな何か」が全開の一〇三編。

ところで、半世紀以上前の通学していた小学校の校庭の一角にうさぎ小屋があった。五、六羽のうさぎが飼われ、生徒で分担、当番制で世話をしていた。ぱらぱらと小屋のあちこちに散らばる丸いちっちゃな糞の清掃、餌やりなどを生徒どうしで協力してやった。ある日、一羽のうさぎが動かなくなっていた。もふもふと餌を食べ、あちこち動き回っていたうさぎが動かなくなった。死ぬということは、まったく動かなくなる事だと、この時初めて知った。

厳粛な死と村上かるたの本。その重さに違いはあるのだろうか。

桜

つんのめるようにして歩く。耳元で風がごうごうと鳴っている。傘がさせない。風に抗いながら、必死の形相で歩く。と、階段にさしかかったその時。シフォンのスカートが捲れあがる。鞄で懸命に押さえる。人の視線が気になる。が、どうすることもできない。少し収まった風の中。ふいにマリリン・モンローを思い出し、一人でクスリとする。これは、たわいない或る日の出来事。春嵐。嵐のような出来事といえば。

先日、勤務先から届いた一通の御手紙。

「このたびの雇用期間は平成二十五年三月二十日をもって終了いたしますので、御礼傍々御連絡申し上げます」と、結びの一文。一年ごとの更新で、三十年余り勤めたS学院。つんのめるような気持ち……でも、でも、桜が咲いている。

さくらさくらさくら
咲き初め咲き終わりなにもなかったような公園

俵　万智

光の春

今、姫路が熱い。大河ドラマ「軍師官兵衛」が始まり、第一回目に兵庫県姫路市の広峯神社が、クローズアップされたのだ。

父の命日で姫路に帰って驚いた。商店街には官兵衛の幟がはためき、あるお店では官兵衛グッズが百種類。お酒におでんにお猪口、そしておせんべい、その名も「かむべい」。人気のキャラクター「かんべいくん」には出会えなかったけれど、今までになく姫路の町は静かな活気にあふれていた。

宮司として広峯神社にお仕えした父に、その様子を報告した。

「ほうか、ほうか、よう来たなあ。」

無口な父の嬉しそうな声が聞こえたような気がする。

姫路は、今まさに「光の春」に包まれている。光が春を先取りしている。

鞦韆《しゅうせん》

「わたしはブランコです」という作文がみつかった。小学校二年生の時の担任、中川たつ先生の「ほんとうのブランコになりきっていますね。」の朱の万年筆のコメントが嬉しい。原稿用紙の真ん中の折り目の辺りが、セピア色に変色しかけている。

「いつか必ず死ぬのに、今生きる意味がわからない」とつぶやいたのは繭籠り(不登校)のK君。スクールカウンセラーの友人が立ちあげた塾で出会った十四歳の男の子だ。八歳の私がブランコになりきれたのだから、今の私が十四歳の彼の気持ちに寄り添えないはずはないはず……。

誰もいない公園のブランコに久し振りに乗ってみよう、と思う。黒沢明監督の映画「生きる」の主人公が、つぶやくように歌った「ゴンドラの唄」がふっと頭を過る。

石鹸玉《しゃぼんだま》

うららかな死よその節はありがとう　新子

『じんとくる手紙』時実新子

軽やかなタッチ、ユーモアのセンスで書かれたエッセイ「少々の注文を」から
の一句。表紙裏の一句がまた、いい。

じんとくる手紙をくれたろくでなし

「お呼びじゃない?　こりゃまた失礼しました!」
テレビ「シャボン玉ホリデー」の植木等のギャグ。

「この世があまりにカラフルだから、ぼくらはいつも迷っている。」
『カラフル』森絵都

浮かんでは消える泡沫《うたかた》のように、石鹸玉からの連想は限《きり》がない。と、シャボン玉で遊んでいた子どもたち。「あっ飲んでもた！」「あっほやなあ。吸うんちゃうねん。吹くんやねん」。陽の光をうけて虹色の石鹸玉。ゆるやかに春の川が流れていた。

卒業旅行

トレビの泉。泉に背を向けてコインを1枚投げ入れると再びローマに来られるという。「また、来ようね。」と言いながらコインを投げた。あれから四十二年。コインのご利益?は、まだない。

シンシアこと南沙織さんに似ていた。大学時代の無二の親友。その彼女の後押しがあって、卒業時に決行したのが語学研修を兼ねてのヨーロッパツアー。オックスフォードに三週間。その後、ローマ・ジュネーブ・パリと巡る旅。モンマルトルの丘・シャンゼリゼ通り・モンブラン等々。傍には、いつもシンシアこと郁子さん、イッコちゃんがいてくれた。

還暦を迎え、これから私たち、楽しもうねって言っていた矢先。先に人生を卒業してしまうなんて。

写真のトレビの泉のまぶしすぎること。

わたしの十句

緑さす八幡さんの文庫かな

その日は本当にいいお天気だった。一年で一番好きな初夏の若葉の頃、兵庫県丹波市・田ステ女俳句ラリーに参加した。

柏原駅から五分程歩く。参道の石段を上ったところにその柏原八幡宮はあった。ちょうど郷土史家の方がおられて話を聞くことができた。明治の廃仏毀釈の時、毀されそうになった三重塔を地元の人たちが神社の文庫にして破壊を免れたとのこと。三重塔の入り口に「八幡文庫」という看板が掛かっていた。

さて、この俳句。投句締め切り間近にどうしてもできなくて、えいっと書いて出したもの。それが坪内稔典選者賞を受賞した。びっくりした。こみあげる嬉しさは後からじんわりときた。そして、この経験は後々、俳句について考える最初の一歩となった。思いもよらず大切な一句となったのは言うまでもない。

ところで、この吟行から帰ってきて更に調べてみると、塔が現存する神社は極めて珍しく全国で十八社のみとなっていた。

新茶汲む母のま白き割烹着

自分の母親のことで恐縮だが、美しい人だった。雰囲気は女優の淡島千景さん。

ＤＶだったのだろう。多分。普段は優しい父が酔うと豹変。母に暴力を振るった。物心ついた頃から父が酔って帰った夜は眠れないものと覚悟した。姉と二人で身体をはって母を守ろうとした。が、守りきれず、母の顔や体には殴られた後の痣が残った。近所の人には「転んじゃって……」などと言っていたようだ。つらかった。どんな時も子どものため子どものためと忍ぶ母。

思い出す母の一番の姿はまっ白い割烹着。料理が好きで、部屋はいつも清潔で。眠れぬ夜のその一晩に姉と私のお揃いの洋服を縫い上げてくれたり。母の気合の一つでも取り戻したいな、と思う今日この頃。

みどりさすふうわりゆらりてまりかな（泉鏡花記念館近く）

「船団」第90号の特集は「俳人たちのひとり旅」。この企画は、私の中で何かが変わるきっかけとなったような気がしている。

大阪からサンダーバード9号で約三時間。ＪＲ金沢駅に到着。この連休に金沢へ行った知人の話に触発されての一泊二日のひとり旅だった、

一日目。金沢の観光バス「ふらっとバス」で橋場町下車。主計町《かずえまち》茶屋街辺りをそぞろ歩き。「泉鏡花記念館」見学の後、兼六園へ。そして今夜の宿ホテルドーミーイン着。加賀の湧泉大浴場と朝食がついて六〇〇〇円と大満足のお得感。

二日目。金沢城公園・尾山神社・石川近代文学館を訪ねる。昼食を忘れて歩き回った。

ひとりでも行動できる。三十年ぶりの新発見。駅前のお店でひとり地酒を傾け、ほろ酔い気分で帰途に着く。

すかんたこ噛みきれなくて生の蛸

二〇一六年、秋。俳句と美術のコラボ展が篠山で開かれた。掲句は美術作家の米田由美さんと書家の田口梅屋さんとの合作で展示された。存在感のあるグレーの箱に黒々と書かれた俳句。一句がこのようなかたちで展示されるのは初めての経験。とてもわくわくした。そして現代アートと言葉。その関係。究極のアートとは？などいろいろな？が渦巻いた。

展覧会が終わってしばらくしてから、その小冊子が作られた。俳人代表の小倉喜郎さんがあとがきの末尾に次のように記している。

「初めての展覧会としては満足のできるものだが、これをステップに、俳人として未知の領域に踏み込んでいかなければ意味はない。」──未知の領域──。難しいけれど、確かにと思う。

ところで、魚屋さんの蛸。最近噛みきれるようになっている。

叱られてピーマンらしくなってゆく

沢野ひとしさんの自伝的小説『転校生』からの「初恋の人にあげた本」の中にピーマンというあだ名の男が登場する。いわゆる主人公「僕」の恋敵。ピーマンというあだ名がすべてを物語っているようだ。

さて、丹波篠山まちなみアートフェスティバル2016。篠山サテライト「東風庵」にそのアート作品が展示された。その中でもひときわ目をひいたのは、実行委員長、長野久人さん作成の巨大ピーマン。つやつやとした緑。熟して赤くなっている部分。独特のフォルム。見ていると嬉しくなってくる。こんなピーマンになれるのだったらどんどん叱られようと思えてしまう。

ちなみにこの作品に取り合わされた俳句は

秋の声カーンと胸の空いてをり　　栄子

銀杏は月のしずくよ　きっとそう

「ぼんぼん盆の十六日に地獄の地獄の蓋があく　地獄の釜の蓋があく……」
（井上ひさし作品「頭痛肩こり樋口一葉」の幕あけの歌）

本当になぜ？というくらい若いころからの肩こり症。その解消法として、散歩・ウォーキングが欠かせない。

ある日の夕暮れ時、いつものように歩いていた。ふと空を見上げると澄んだ空にお月様。降り注ぐかのような月光の下、あたりが青かった。と、社宅の敷地に植えられている大銀杏の木。たわわに銀杏をつけていた。月光に照らされたその丸い実を見ていると、ふっと言葉が浮かんだ。

簡潔で、すがすがしい。銀杏がいかにもうまそう。「きっとそう」などは口語的文体の魅力をよく発揮している。と、船団ホームページの「今日の一句」に書いて下さったねんてんさん。

俳句塾の句会に出すと、Tさん曰く。「これからは銀杏を食べる時に月のしずくと思って食べます。」

Oさんは、ホームページのこの句を見て船団への入会を決めたと伝えてくれた。俳句は、鑑賞される言葉によって生きてくるのだということを実感した句である。

みなさん、ありがとうございます。肩こりがほぐれます！

時雨つつ百年たった小さき椅子

船団一〇〇号の特集「再びのひとり旅」で、幼いころをたどる旅をした。幼稚園の外に置いてあった時雨に濡れそぶる小さな椅子。それを見ていると、ふっと百年前も百年後もそのままの情景のような、そんな気がしてきた。

ところで父は、男の子の誕生を心待ちにしていた。家や名前に拘る父。そんな父の考え方が理解できなかった。結婚を機に、連れ合いの要望通り姓も名も変えた。（杉山栄子→村上あつ子）。

……せめて父の想いのこもるお墓の石碑文を記しておこう。

碑誌

杉山家の祖、杉山二良大尉寛時は
慶長年代初期に、広嶺山に移住し
廣峯神社の神官となり、以後、子孫

代々同社に仕う。六代目摂津守忠廣と八代目摂津守尚隆は、従五位下に叙せられる。十四代目義弘は、平成十一年十二月迄、宮司として奉仕するも、此度高齢のため辞任し、下山することとなる。山を去るに当り、広嶺山の奥津城に鎮まります、遠祖の御霊等を此の名古山の奥津城に遷し奉り鎮め斎ひ奉るものである。

平成十二年十一月吉日

杉山義弘記す

ポコアポコ炊飯ジャーに雪女

「船団」第84号の特集「生物でないものに変身!?そして1句とエッセー」
ということで、私は買ったばかりの「圧力炊飯器」に変身した。

「絶望は虚妄だ 希望がそうであるように!」（ハンガリーの詩人の詩の一行）
僕がこの家にやって来たのは昨年の十二月。
ＰＳマークとＳＧマークを取得している。
が、困るんだな、この家の奥様ときたら。
僕の仕事のピーク時、蒸気に顔を近づけるんだ。
毛穴を開く美顔器の代理ってわけ。ったく。……
でも、僕は圧力炊飯器、銅コート厚釜、どうよ!
希望の星さ。

＊ハンガリーの詩人……ペテーフィ・シャンドル（１８２３〜４９）

告白の火種くるりん牡丹雪

会いたい人がいる。もしも、もしも、この小さな本のこのページに気づかれたら、ご一報ください。

三十年近く前、劇団「ふぉるむ」に同期生として籍を置いていたN君。大学を中退したばかり、硬派、真面目な感じの男子だった。

四月から始まった週三回の練習は厳しく、私自身夏頃には「続けられるだろうか」と、少し気持ちが揺らいだ。

秋風が吹き、しばらくしてからN君は来なくなった。その前の七月から一か月間、私は彼の好きな詩の書写を受け取り続けた。私が高校の国語の先生をしているということで、という理由だった。ただ「受け取ってほしい」。では、「はい」という感じ。ノートに一文字一文字丁寧に万年筆で書かれたその文字は、詩の内容と共に胸を打つ。

「受け取っていただけてうれしい」のメッセージが最後の詩の横に書いてあった。なんか、なんか……お礼を言わなくてはならなかったのは私の方ではなかったか。

恋人は時にたんぽぽ時に犀

それこそ言葉がふわりと降りてきた感じでできた一句。船団のホームページ、今日の一句に掲載された時のねんてんさんのコメントが又うれしい。

俳人の特権は何にでもすぐになれること、だと思う。実際は、俳人でなくてもいろいろな役割も含めて何にでもなっているのだろうけれど。たとえば、人間、女、妻、母、先生、書家、エッセイスト、女優など。私自身、「ブランコ」や「虻」、「かすみ草」そうそう「圧力炊飯器」にもなった。ことばで限定、切り取っていく楽しさは堪えられない。

さあ、息をするように、
恋をするように、
言葉!!

あとがき

この本は、平成二十七年五月二十二日　六十三歳で亡くなった友人、奥本郁子さんに話したかった私の俳句的な生活の一端を記したものである。

季語エッセー「卒業旅行」でも触れたが、郁子さんことイッコちゃんとは大学入学後からのつきあいだ。お互いに無口だった。が、不思議に気が合ったのだろう。倉敷へ、四国へ、そして海外へと一緒に旅をした。

そんな旅の中で、彼女は大学入学少し前に母親を亡くしたこと、年の離れたお姉さんのことなどをぽつりぽつりと話していた。そして、私が当時寮生活のしんどさを漏らすと自宅に招いて手料理などを振る舞ってくれた。また家族のこと、プライベートのことなどの心労が重なり精神的に参っていた時には、それとなく手を差し伸べてくれた。

あの日、あの時、あの時代。「追憶」の映画ではないけれど、ただひたむきにまっすぐに一生懸命だった。と、思う。そして、今のこの私の俳句生活を話したかったな、とつくづく思う。まさに還暦を過ぎて、私が私になっているように感じているから。

今、この「俳句とエッセー」の本シリーズに参加させてもらえる幸せを噛みしめている。俳句は主に船団誌八一号から一一三号までの投句作品からのものを、エッセーはe船団の季語エッセーに加筆したもの、「船団の会」編集の本『季語きらり』『俳句の動物たち』に寄稿したものなどを載せた。なお「わたしの十句」のエッセーはほとんど今回の為に書き下ろした。また本の題名は、幸せをかたちにすると、あの「マーマレード」のような色つやでは、と思っていることから。

本の出版にあたっては、まず何よりも俳句の楽しさを、生きることの自然さを、それこそ自然なかたちで伝え続けて下さるねんてん先生に深謝。そして創風社出版の大早友章・直美さんご夫妻に、また刺激的な船団はじめ俳句仲間の皆さんに感謝します。

二〇一八年　青葉の頃

村上栄子

著者略歴
村上　栄子（むらかみ　えいこ）
1953年5月1日　兵庫県生まれ
2003年　NHK 学園通信俳句講座受講
2008年　NHK 文化センター「坪内稔典俳句講座」受講
2009年1月　「船団の会」入会

住所　〒665-0061
宝塚市仁川北1丁目4番36—105

俳句とエッセー　マーマレード

2018年6月22日発行　定価＊本体1400円＋税
著　者　村上　栄子
発行者　大早　友章
発行所　創風社出版
〒791-8068 愛媛県松山市みどりヶ丘9－8
TEL.089-953-3153 FAX.089-953-3103
振替 01630-7-14660 http://www.soufusha.jp/
印刷　㈱松栄印刷所　　製本　㈱永木製本

 ISBN 978-4-86037-259-0